森林舞台的幕後

文 松浦陽次郎　圖 山村浩二

譯 賴庭筠　審訂 袁孝維（台大森林系教授・生物多樣性中心主任）

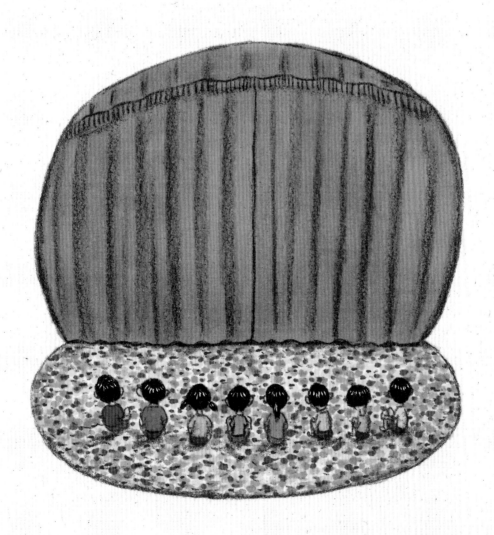

步步出版

日本的四季有不同的美景。

春天的森林，草木冒出黃綠色的嫩芽；

夏天的森林，獨角仙、鍬形蟲躲在綠意盎然的草木之間；

秋天的森林，草木染上美麗的紅色與黃色；

冬天的森林，草木在靄靄白雪之間一片寂靜。

仔細觀察森林，你會發現各種生物，

包括草木、花朵、大型動物、小型昆蟲以及香菇等蕈類。

森林裡的主角是植物，尤其是樹木。綠葉在陽光照射下吸收空氣中的二氧化碳，製造樹木所需的有機物質——這個只發生在綠色植物身上的過程稱為「光合作用」。有了這些有機物質，樹木的樹幹才會成長、樹枝才能伸展，隔年才能長出樹葉與花朵。

這些有機物質不僅能使植物本身茁壯，還可養活許多棲息在森林的動物。靠植物維生的動物大多是攝取樹葉、花朵與果實所富含的有機物質，而草食動物則是肉食動物的養分來源。森林以植物製造的養分為基礎，形成生物間息息相關的食物鏈。

然而樹木不是只靠空氣、陽光就能長大。例如人們種田時會施肥，樹木沒有肥料也會長大嗎？

現在就讓我們來看看樹木生長的地區。

你看見了什麼？答對了！

落葉下面有土壤──這就是樹木茁壯的祕密。

　　不是所有土壤都能使樹木長大。試著挖掘土壤，會
發現數公分至10公分的土壤夾雜著落葉。繼續向下
挖，會看見數公分至20公分顏色較深的土壤——有養
分的土壤到此為止。再進一步挖掘，則會出現顏色較
淺的土壤、體積較大的砂土甚至是岩塊。簡單的說，
如果地球是一顆湯圓，那麼皮的部分是森林賴以維生
的土壤。

樹葉終其一生在陽光照射下吸收空氣中的二氧化碳，製造樹木所需的有機物質。凋落後，樹葉仍有養分但無法直接供給樹木使用。若要運用這些養分，必須請棲息在森林舞台幕後的各種生物來幫忙。

首先，蚯蚓、馬陸、糙瓷鼠婦、鼠婦、甲蟎等土壤裡的生物會吃落葉，落葉會在牠們的體內分解。接著，大型動物會吃這些小型昆蟲。最後，真菌會分解所有生物的屍體——如此一來，落葉的養分就會附著在土壤的顆粒上。

在森林裡死去的動物也會被土壤裡的生物分解，成為樹木的養分。

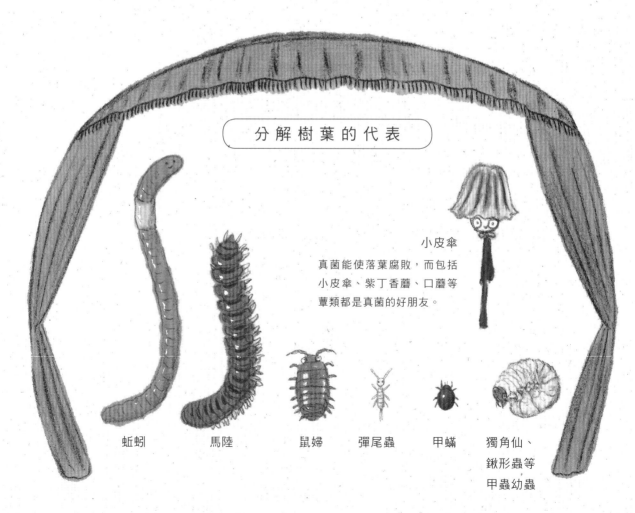

分解樹葉的代表

小皮傘

真菌能使落葉腐敗，而包括小皮傘、紫丁香蘑、口蘑等蕈類都是真菌的好朋友。

蚯蚓　　馬陸　　鼠婦　　彈尾蟲　　甲蟎　　獨角仙、鍬形蟲等甲蟲幼蟲

翻一翻土壤仔細觀察，會發現土壤裡有大小不一的顆粒。依照體積排序分別是砂土、壤土、黏土。它們都來自岩塊。土壤的顆粒帶著微弱的負電，能夠吸附溶於水中而帶有正電的養分。

土壤有多少養分，取決於土壤裡有多少壤土與黏土。比起都是砂土，壤土與黏土越多則吸附養分的面積越大，自然能吸附較多養分。

然而如果都是黏土，土壤的顆粒會緊密結合。土壤裡的空氣會變少，而且不利排水——這些土壤即使富含養分，也不一定能使樹木茁壯。

附著養分的工作人員　　　　搬運養分的工作人員

養分

砂土　　　　壤土　　　　黏土　　　　水

砂土、壤土、黏土比例良好的土壤

都是黏土的土壤

吃落葉的生物也會排便，而糞便就像黏著劑般結合碎落葉、砂土、壤土與黏土。有些小型生物甚至會吃大型生物的糞便。糞便不斷被分解，成為樹木的養分。在土壤裡，糞便也能派上用場呢。

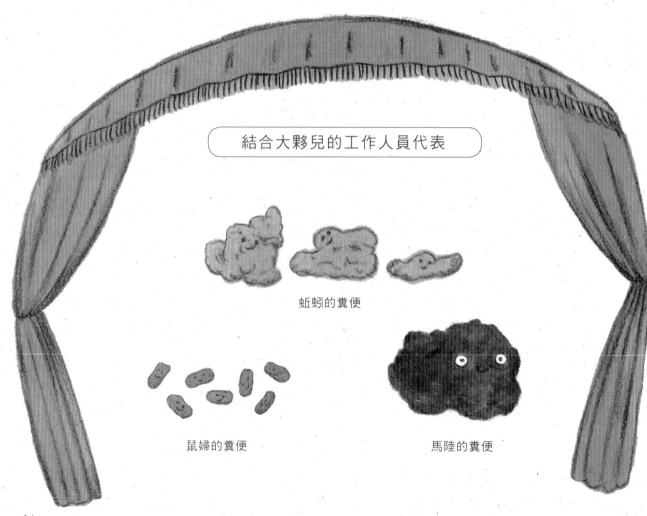

結合大夥兒的工作人員代表

蚯蚓的糞便

鼠婦的糞便

馬陸的糞便

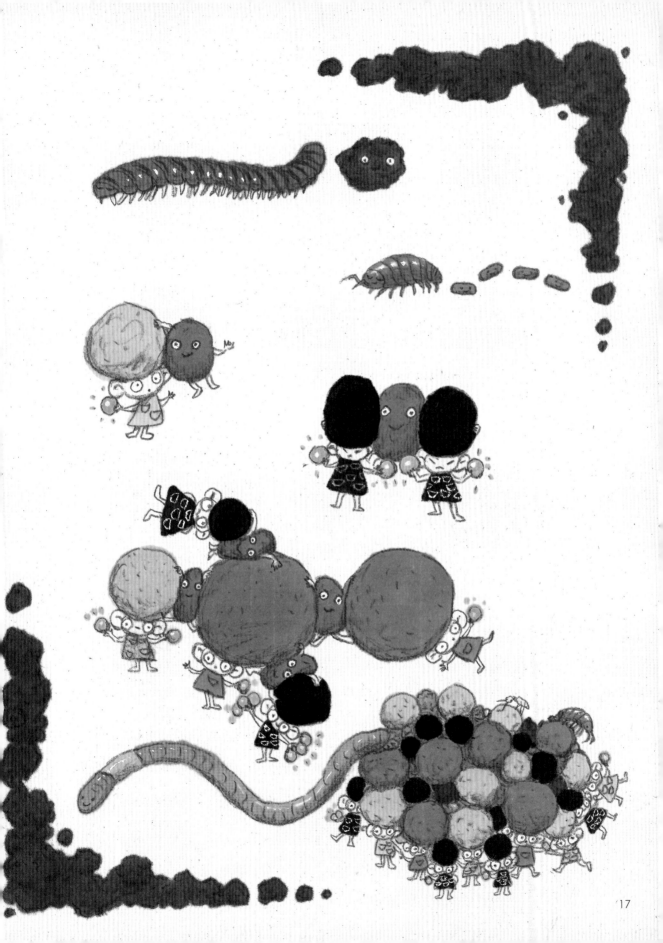

此外，真菌的菌絲——就像一條條白白的細細的線，也扮演著黏著劑的角色。菌絲像織出一片網子般連接每一塊土壤，每一塊土壤的縫隙含有空氣與水分。砂土、壤土與黏土比例良好的土壤，能使植物一天一天長大。

有了砂土、壤土、黏土等顆粒、植物的碎片、動物的糞便、菌絲等，土壤才有養分；缺少植物、動物與真菌的幫忙，土壤就不會有養分。

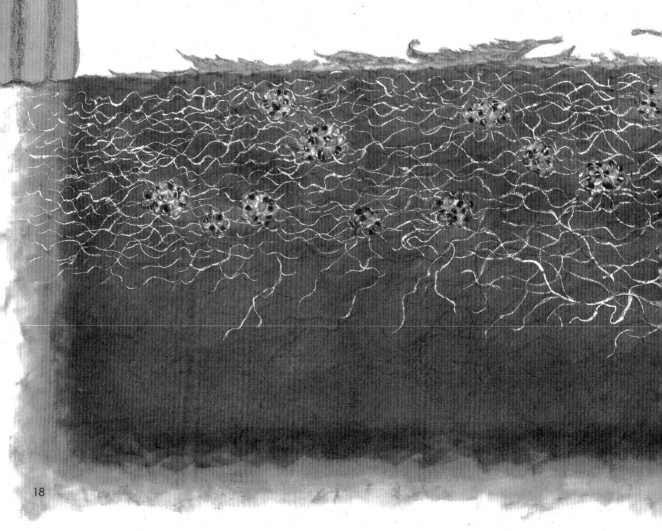

樹根

樹木的細根會鑽進土壤的顆粒之間，吸收水分與養分。然而不是只有樹根會這樣，現在就讓我們來瞧一瞧。

　　我們平常看見的樹根通常會與真菌等微生物共生。這些微生物以樹葉製造的有機物質維生，並將菌絲深入樹根無法鑽進的縫隙，為樹根吸收水分與養分——就像是在報恩一樣。我們以「菌根」來稱呼與菌共生的樹根，它在缺乏水分與養分的環境扮演著讓植物活下去的重要角色。

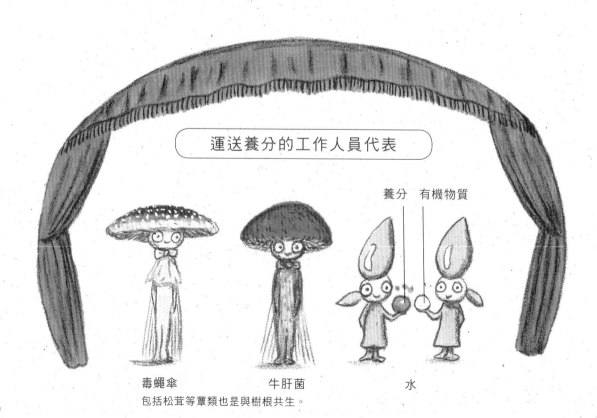

運送養分的工作人員代表

養分　有機物質

毒蠅傘　　　　　牛肝菌　　　　　　水
包括松茸等蕈類也是與樹根共生。

樹根吸收的水分與養分會沿著樹幹、樹枝內部的通道，運送至樹木上方的樹葉與嫩芽。樹葉在陽光照射下吸收空氣中的二氧化碳，利用運送來的水分與養分，製造樹木生長所需的有機物質。樹幹會逐漸變粗，而樹枝會日漸變長。

以樹葉製造有機物質的工作人員代表

空氣（二氧化碳）　　太陽（陽光）　　　　雲（雨或雪）

　　樹葉完成任務後會凋落。凋落前，樹木會回收樹葉裡的養分，將這些養分儲存在樹枝裡，使樹枝隔年順利長出新的樹葉與花朵，最後樹葉剩下多少養分會因樹種、地點而有所不同。

樹葉凋落後，會繼續被生物分解。對生物而言，剩下許多養分的落葉就像美味的大餐。生物吃落葉後排便，糞便與土壤的顆粒混合。糞便也含有許多生物無法吸收完全的養分。就這樣，土壤裡的養分變得豐富，讓樹木可以順利長出新的樹葉與花朵。樹葉、花朵凋落後，養分就會再次回到土壤裡。

另一方面，幾乎沒有殘留養分的落葉稱不上美味的大餐，無論生物吃多少也無法製造什麼養分。缺乏養分的落葉分解的速度比較慢，也無法為土壤增加多少養分。因此即使是同一片森林，養分在土壤和樹木之間傳送的速度也不同。

找時間去森林散散步吧。從沼澤沿斜坡往上走，你會發現不同地區的土壤的濕度、養分都不一樣，生長的植物也不一樣。日本關東地區的丘陵，斜坡下方有一大片人工種植的杉樹，沒有什麼落葉。沿斜坡往上走，會看見楓樹等葉片會轉紅或轉黃的樹木還有辛夷。大約到了山腰，會看見絨毛枹櫟、日本水楢、東亞唐棣等樹木。你觀察到了嗎？這些樹木會產生許多落葉。繼續往上走，會看見日本赤松、金松五加等樹木。到了山頂，就會看見杜鵑等植物，落葉也就更多了。

　　從斷面就可以看出水分與養分的情況。水分會由高處往低處流，因此養分會隨著水分一同移動。在濕氣高的土壤裡，落葉分解的速度比較快；在乾燥的斜坡上，落葉分解的速度則比較慢。由此可知，土壤裡水分與養分的含量也會影響生長的樹種。

日本各地森林的土壤不同，而土壤斷面呈褐色的最為常見。在氣溫較高、雨量較多的日本西南部，土壤斷面大多呈土黃色。土壤若含有火山灰，通常呈黑色，且厚度有可能達到五十公分。

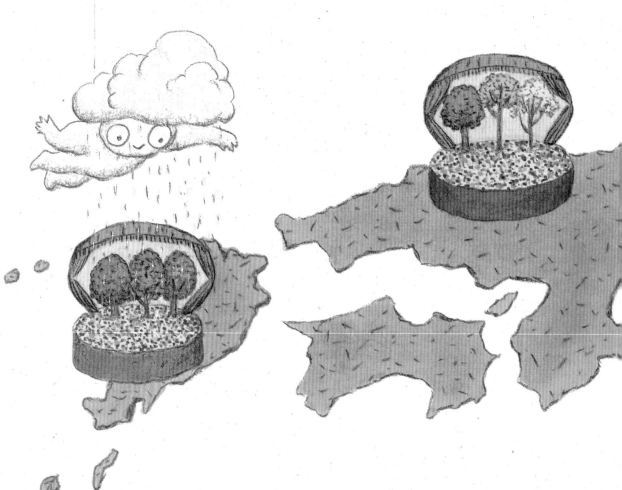

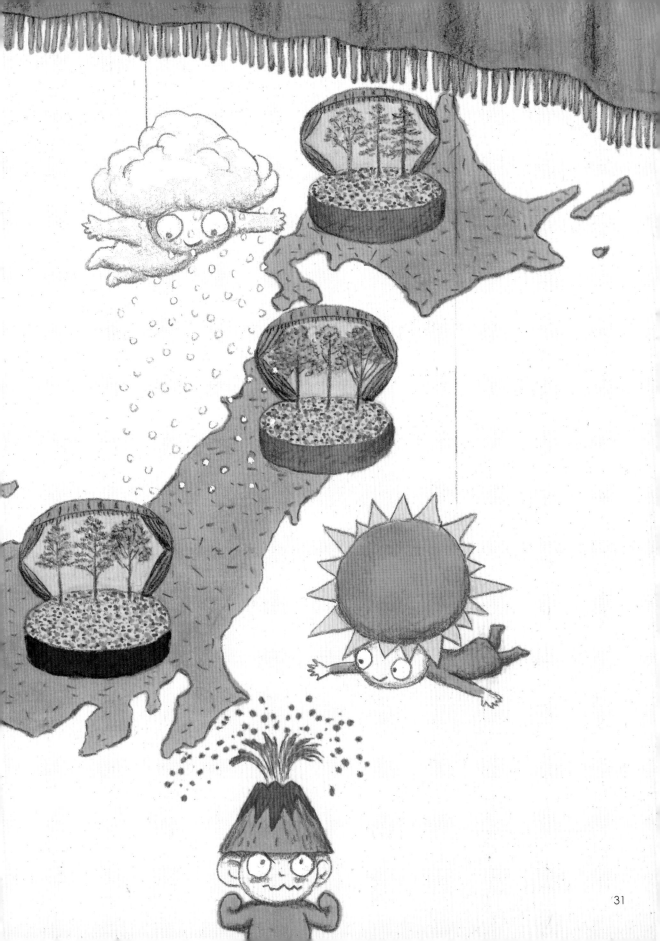

森林在日本或台灣看似理所當然，但地球上只有一些溫度和雨量都符合條件的地區才會有森林。

在全年酷熱且雨量過多的熱帶，土壤長期暴露在高溫多雨的環境風化，只會剩下些許黏土。森林一旦被砍伐，表面土壤會流失，而養分也會跟著流失。

在氣溫較高、雨量較少的地區，土壤缺乏植物所需的水分，也不容易出現森林，大多會成為只有零星灌木的稀樹大草原與沙漠。

在北極圈等氣溫較低的地區，土壤可能會凍結，落葉分解的速度很慢。因此植物的生長也很慢，樹木只能像是趴伏在地面上，也無法形成森林。

由此可知，氣候均衡的地區才可能出現森林。

熱帶雨林的土壤

稀樹大草原的土壤

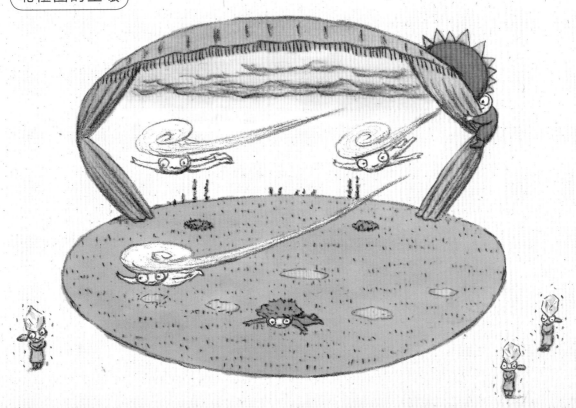

北極圈的土壤

人們砍伐森林做為製造紅磚、鑄鐵、製鹽的燃料，並開墾森林增加農地的面積。由於含有養分的土壤越來越少，糧食只得減產。據說有些文明甚至因此而毀滅。

人們汙染空氣、河川與海洋等水源。進入空氣中的
有害氣體溶解於雨水中形成酸雨，傷害著各地的森林
與土壤。

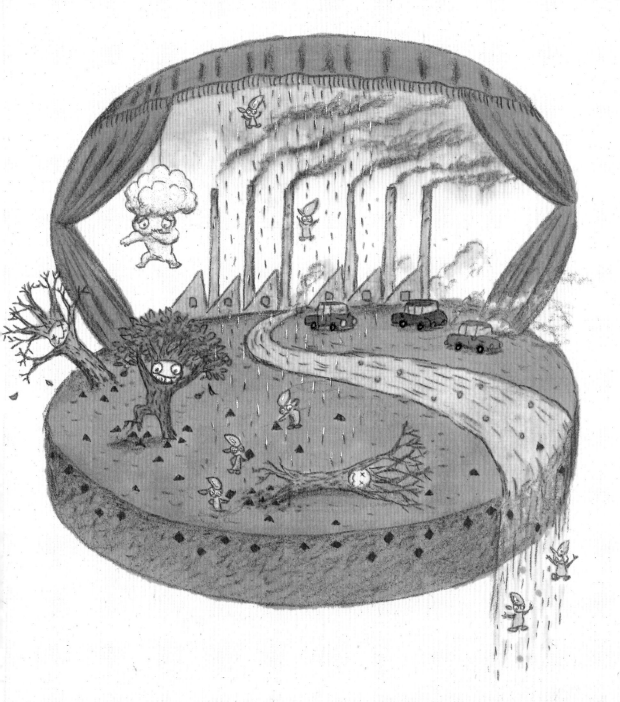

養分在樹木與土壤裡的生物之間形成循環，
必須數十年甚至數百年才能形成蒼鬱的森林。
在那之前，則需要更長一段時間才能培養出足
以提供森林養分的土壤。

找時間去森林散散步吧。在各種生物花費長時間的幫助下才能形成的森林，正在等待著大家。屆時請挖掘土壤，看看森林舞台的幕後吧。

作 / 繪者介紹

文 / 松浦陽次郎

一九六〇年出生於日本東京都。京都大學大學院農學研究科修畢。農學博士。現任職於國立研究開發法人森林研究暨整備機構、森林綜合研究所。長年從事森林與土壤的調查研究，南至巴布亞紐幾內亞等地的熱帶森林，北至西伯利亞與阿拉斯加等永久凍土面積廣大的北極圈等地的植被。主要作品包括《森林的平衡》（東海大學出版會）、《陸地生態系的碳動態》（京都大學學術出版會）等。這是第一次參與繪本製作。

圖 / 山村浩二

一九六四年出生於日本愛知縣。東京造形大學畢業。東京藝術大學教授。以《頭山》、《麥布里奇的線》等動畫作品獲得安錫國際動畫影展等國內外獎項。著有《蔬菜運動會》、《水果海水浴》、《點心大集合》（以上福音館書店，中文版由維京出版）、《小樹苗大世界》（小學館，中文版由小天下出版）、《圖畫故事—古事記》（偕成社）等作品。

森林舞台的幕後

文／松浦陽次郎　圖／山村浩二　譯／賴庭筠　美術設計／李鴻霖

編輯總監／高明美　總編輯／陳佳聖　副總編輯／周彥彤　行銷經理／何聖理　印務經理／黃禮賢

社長／郭重興　發行人暨出版總監／曾大福　出版／步步出版 Pace Books　發行／遠足文化事業股份有限公司

地址／231 新北市新店區民權路 108-2 號 9 樓　電話／02-2218-1417　傳真／02-8667-2166　Email／service@bookrep.com.tw

客服專線／0800-221-029　法律顧問／華洋國際專利商標事務所 蘇文生律師　印刷／卡樂彩色製版印刷有限公司

初版／2019 年 5 月　定價／320 元　書號／1BSI1051　ISBN／978-957-9380-35-5

THE BACKSTAGE OF FOREST by Yojiro Matsuura and Koji Yamamura
Text © Yojiro Matsuura 2018
Illustrations © Koji Yamamura 2018
Originally published by Fukuinkan Shoten Publishers, Inc., Tokyo, Japan, in 2018
under the title of MORINOBUTAIURA
The Complex Chinese language rights arranged with Fukuinkan Shoten Publishers, Inc.,Tokyo
All rights reserved